네가 미워질 때마다
사랑한다고 말했다

네가 미워질 때마다
사랑한다고 말했다

가희 에세이

STUDIO:ODR

사랑과 슬픔의 동반함에 대해

어떤 것을 너무 사랑하게 되면 자주 눈물이 납니다. 제게 그건 사람일 때도, 고양이일 때도, 무형의 것일 때도 있습니다. 사랑은 슬픔을 동반합니다. 누군가는 그것을 허비라 생각기도 하지만, 저는 그런 행위를 애정합니다. 사랑의 환희와 애수를 양분 삼아 감정을 쏟아낼 줄 아는 사람으로 자랐으니까요.

저는 사랑을 안고 삽니다. 사랑하는 사람이 없더라도 사랑하며 삽니다. 이 책은 사랑의 얼굴을 매만지고, 울고, 쓰는 과정을 거쳐 태어났습니다. 사랑의 탄생과 죽음을 지켜보면서요. 원고 속 연인이거나 연인이었던 사람(들)의 마음은 지금 어디에 있을까요. 또 제 옆엔 어떤 마음이 오고 있는 것이며, 저는 어떤 자세로 그것을 대면하게 될까요. 다시 사랑을 미워하고 미움을 사랑하게 될까요.

그러면, 그렇게 되면 정말 좋을 텐데.

CONTENTS

프롤로그·005

PART 1

우리가 여전히
사랑인 줄 알았지

술래잡기

우리 마지막으로 헤어지던 날, 서로 집에 가지 못하고 미적거리다 너 울면서 내 쪽으로 뛰어왔지. 나는 그런 너를 보고 우리 그냥 내일 헤어질까, 라고 말했고 너는 아니라며 고개 저었다. 있지, 그날 말이야. **나는 네가 아직 나를 사랑해서 그러는 줄 알았다.** 매번 마지막 술래는 나였지만, 혹시 이번엔 네가 술래가 되어 나를 잡으러 오지 않을까 집에 들어가지 못하고 한참이나 골목에 서 있었어.

돌아보다

•

: 남겨진 마음이 무거워 앞으로 나아가지 못하거나
몸은 앞을 향해 걷고 있어도 고개는 뒤를 향하다.

강릉에서 1 — 둘이 걷던 밤바다

그 사람과 강릉 바다를 보러 간 적 있다. 그때 우린 이미 헤어진 상태였기에 지인들은 이별 여행이냐 물으며, 그런 건 드라마에서나 가능한 일인 줄 알았다고 했다. "헤어진 연인이 같이 여행을 가는 거 조금 이상하잖아"라고 하면서. 나는 애초에 '헤어진 연인'이라는 말 자체가 모순인데, 더 이상할 게 뭐가 있느냐 따지듯 대답하려다 말았다.

흔히 이별 여행이라 하면 관계의 마지막, 아름다운 이별 또는 정리를 위한 여정으로 해석할 수 있으나 우리는 조금 달랐다. 햇수로 삼 년을 만나면서 함께 많은 곳을 여행하지 못했다는 것이 첫 번째 이유였고 답답한 현실을 잠깐 잊고자 하는 것이 두 번째 이유였다. 나는 우리가 헤어졌어도 서로를 사랑하는 마음은 그대로 남아 있는 사이라 생각했다. 그런데도 재회하지 않았던 건 어떤 이유라고 말할 수 없을 만큼 애매하고 복잡한 관계. **우린 아무도 손을 내밀지 않으면서 동시에 누구도 손을 놓지 못했다.**

그는 내게 끊어내고 싶다가도 어떻게든 붙들고 싶은 사람이었다. 꼴도 보기 싫지만 안 보면 답답해 죽을 것 같은 사람이었고, 패대기치고 싶다가도 와락 안아주고 싶은 그런 사람이었다. 바다에 도착해서는 이유도 말하지 않고 단단히 삐져 있는 통에 한참을 뙤약볕에 그을려가며 그 사람을 달래야 했다. 그때 그 사람이 왜 그랬는지는 아직도 모르겠다. 어르고, 달래고, 화도 내가며 노력한 결과 끝에 겨우 기분이 나아진 그 사람과 바닷물에 몸을 담갔다. 그제야 언제 그랬냐는 듯 웃는 얼굴로 장난치는 그 사람을 거친 파도 속으로 밀어버릴까 잠깐 고민하기도 했다. 그 사람은 나와 함께 사는 고양이보다 이해할 수 없을 때가 많았다.

저녁에는 펜션 1층에서 간소하게 바비큐 파티를 했는데, 바다 근처에 불까지 밝혀놓은 탓인지 온갖 벌레들이 끊이지 않았다. 나는 주변이 시끄럽거나 환경이 깨끗하지 않으면 밥을 잘 먹지 못하고, 먹는 도중에도 비위나 기분이 상하면 체하곤 하는데, 안타깝게도 그날은 최악이었다. 테이블 가득 차린 음식 위로 벌레들이 끊이지 않았고 내 몸 여기저기에도 모기 몇 마리가 장신구처럼 붙어 있었다. 행복한 표정으로 고기를 뒤집는 그 사람 옆에서 나는 자꾸만 속이 뒤집혔다. 실내로 들어가자고 말할까 말까 고민하는 내내 그 사람은 해맑은 어린애처럼 잔뜩 신이 나 있었다. 오랜만에 보는 즐거운 얼굴이었기에 나는 어쩔 도리가 없었다.

'네가 좋으면 그걸로 됐다.'

그 사람이 행복하면 나도 행복했지만, 그는 자주 힘들어하고 벅차 했다. 만나는 내내 행복하다는 말보다 힘들다는 말을 많이 했고, 웃는 얼굴보다 찡그리거나 화난 얼굴을 더 많이 보여주었다. 감정 기복이 심한 나에게 그 사람은 강릉 바다에서 본 파도만큼이나 큰 파도였다. 그런 사람이 저리 맑게 웃으니 나는 아무렴 다 괜찮았다.

강릉에서 2 ─ 사랑으로 302동

다음 날 우리는 서울로 돌아가기 위해 강릉 시외버스터미널로 향했다. 생각보다 이르게 도착한 덕에 밥을 먹고 나서도 출발 시간까진 꽤 여유가 있었다. 남은 시간 동안 커피나 마실까 하고 주위를 둘러보다 눈에 들어온 '띠앗' 카페에 들어갔다. '띠앗'이라는 단어의 어감이 귀엽다는 단순한 이유였다. 언제 다시 올지 모르는 곳이기에 시그니처 메뉴로 보이는 아몬드 라테를 시켰는데, 눈이 동그래질 만큼 맛있어 기분이 좋았다. 해가 예쁘게 드는 창가에 앉아 나무들과 도로를 보며 커피를 마시다 문득 고개를 드니 무척 특별한 이름의 아파트가 있었다.

'사랑으로'

정확히는 '사랑으로 302동'이었다. 특별한 이름에 한참 시선이 머물렀다. 나도 계속 거기에 머물러 있고 싶었다. "만약 우리 또 강릉에 오게 된다면 꼭 이 카페에 다시 오자"라고 진심은 있었지만, 기약은 없는 말을 했다. 아주 잠시나마 우리가 꽤 아름다운 연인처럼 느껴졌다. 사랑으로 여행을 온 다정한 연인. 단어의 힘이 얼마나 대단한지 바다도 아니고 열차도 아닌, 도로와 아파트가 보이는 풍경에서 괜히 눈물이 났다. 속도 없이 해맑은 그 사람 몰래 조용히 휴대전화를 들어 메모장을 켜고는 이렇게 적어두었다.

'강릉' '띠앗 카페' '사랑으로 302동'

삼키다

•

: 하고 싶은 말이 있어도 할 수 없는 사이가 되었거나

이미 답을 알고 있기에 말을 아끼다.

강릉에서 3 — 민들레 홀씨

우리는 카페에서 나와 도로 옆 잔디밭을 보며 걸었다. 무성한 풀 사이에는 해바라기와 민들레가 피어 있었고, 이름 모를 풀꽃도 있었다. 활짝 핀 민들레 옆에 이미 꽃이 지고 홀씨가 된 민들레도 있었는데, 나는 그것을 발견하는 족족 후 불었다. 그때 그 사람이 말했다.

"어차피 날아갈 텐데, 뭐 하러 불어?"

나는 아무 대답 없이 홀씨를 날려 보내는 일에 집중했다. 이유를 말해줘도 그는 모를 거라는 사실을 알고 있었다. 내가 하는 어떤 행위들을 그 사람은 가끔 쓸데없는 짓이라고 치부하곤 했다.

민들레 홀씨는 언젠가 바람이 불면 날아가 어딘가에서 다시 꽃을 피운다. 하지만 바람이 불지 않으면 활짝 피어 있는 민들레 사이에서 외로이 바람을 기다려야 한다. 그 사람은 언젠가 꽃이 필 거라는 사실로 그만인 사람이었지만, 나는 그렇지 않은 사람이었다. **조그마한 노력을 더해 꽃이 빨리 필 수 있다면 그렇게 해주고 싶었다.** 어쩌면 민들레 홀씨가 나와 비슷하다 여겨 그랬을지도 모르겠다. 그 사람의 입김 한 번이면, 나는 하늘을 날 수도, 꽃을 활짝 피울 수도 있는 사람이었으니.

습관

귀엽다고 안아주고

예쁘다고 뽀뽀해주고

걱정된다고 화내길래

나는 우리가 여전히 사랑인 줄 알았지.

이별하던 날

사랑이 아니라 정으로 만나는 것 같아. 네가 싫은 게 아니라 내가 많이 지쳤어. 몇 번이나 헤어지고 만나는 것도 이제 지겨워. 네게 새로운 애인이 생기면 마음 편할 것 같아. 나는 정말 괜찮아. 너도 금방 괜찮아질 거야.

어제는
사랑한다 말하던 네가
오늘 내게 한 말들.

짐작하다

•

: 말수가 적어지거나 만남을 피하는
상대를 보며 이별이 다가왔음을 예상하다.

그래도 어쩌겠어요

나는 내가 그렇게까지 할 수 있는 사람인 줄 그때 처음 알았어요. 그만하자면서 뒤도 안 돌아보고 간 사람한테 전화해서 미친 사람처럼 울었어요. 갈 땐 가더라도 내 얼굴 한 번만 보고 가라고, 그 말만 반복했어요. 그렇게 하면 다시 올 거 알고 그랬어요. 그 사람 불쌍한 거 보면 못 지나치거든요. 한 삼십 분 정도를 꺽꺽거리며 울고 있는데, 그 사람이 나타났어요. 눈동자가 심하게 흔들리는데도 냉정한 표정을 유지하면서요. 자신이 도망치는 거라고 했어요. 나를 많이 좋아하지만, 상황이 힘들대요. 좋아하는 것보다 힘든 게 커서 도망치는 거래요. 본인은 평생 후회하면서 살 테니 나더러는 잘 지내라고 했어요. 그게 지금 무슨 소리냐며 따질 법도 한데, 그런 말은 하나도 나오지 않았어요. 나는 이대로 헤어지기 싫다고 했어요. 나 버리지 말라고 울면서 빌었어요. 나는 힘들 때 너 안 버렸는데, 너는 왜 힘들 때 나를 가장 먼저 버리느냐고 소리쳤어요.

　계속 같은 말을 주고받는 동안 나는 울음이 그치지 않아 숨 쉬기가 어려웠어요. 그때 그 사람이 또다시 자리를 떴어요. 빨리 가서 잡아야 하는데, 이번에 가면 다신 못 볼 거 같아서 너무 무서운데 몸에 힘이 들어가지 않아 움직일 수가 없었어요. 그래서 그 사람 이름을 계속 불렀어요. 다른 말은 하나도 나오지 않아 그 사람 이름만 목이 터져라 외쳤어요. 하도 울어서 목이 다 쉬었는데도 세 글자만은 또렷하게 나왔어요. 메아리처럼 자꾸 울렸어요. 그러자 그 사람이 다시 돌아왔어요. 나를 와락 껴안고는 미안하다고, 어디 안 가겠다고, 그만 울라고 말해줬어요. 그때부터 숨이 쉬어졌어요. 그제야 살 것 같았어요. 바람 빠진 풍선처럼 축 처져 있던 몸에 활기가 돌았어요. 나는 아무 말 없이 그 사람을 꽉 껴안았어요. 그러고는 숨을 크게 들이마셨다가 내쉬었다가를 반복했어요. 방금 막 구조된 사람처럼요. 그 사람은 그랬어요. 하루에도 수십 번 나를 죽였다가 살렸다가 했어요. 수명이 자꾸 줄어드는 것 같았어요. **그래도 어쩌겠어요. 그 사람 없이 백 년을 살 바엔 그 사람 옆에서 오십 년만 살고 싶었어요.**

애쓰다

•

: 이미 멀어진 마음을 잡기 위해 온갖 노력을 하다.

또는 멀어지지 않기 위해 안간힘을 쓰다.

이러지도 저러지도

나를 아프게 했던 네 말들
전부 주워다 멀리 버리고 올걸.

나는 그것도 네 말이라는 이유로
꼭 끌어안고만 있었다.

그때의 우리

편함이 전부라 더는 사랑할 수 없다는 말. 나는 아직도 그 말이 이해되지 않는다. 연인 사이에 설렘은 쉽게 느낄 수 있었지만, 편함은 아무에게나 느껴지지 않았기에. 포근함, 아늑함, 따듯함. 오랜 시간이 지나거나 마음이 꼭 맞아야만 느낄 수 있는 사랑의 촉감. **너와 둘이 있을 때의 따듯한 편함은 내게 그 어떤 설렘보다 힘이 셌다.**

집에 맛있는 음식을 차려놓고 네가 오기를 기다리는 일, 꾸미지 않은 모습으로 함께 침대에 누워 좋아하는 영화를 보는 일, 자다 깬 부스스한 얼굴을 마주하는 일, 만나기로 한 카페에 먼저 도착해 네가 좋아하는 커피를 주문해두는 일. 전부 마음이 바래지 않았기에 가능했던 일들.

우리는 같은 잠옷, 같은 슬리퍼를 신고서 새벽에 산책하는 사이. 나는 사계절 내내 따듯하고 편안했던 그때의 우리를 가장 사랑했는데.

울다

•

: 종일 침대에 누워 휴대전화만 바라보거나
편지 또는 사진첩을 뒤적이다.

사랑의 이면

사랑의 또 다른 이름은
미움이 아닐까.

내가 가장 사랑했던 사람은
내가 가장 미워했던 사람이기도 해서.

헤어진 후에

상대를 먼저 발견한 건 여자였다
남자는 여자가 있는 신호등 맞은편에서
고개 숙여 휴대전화를 보고 있었다
신호는 아직 바뀌지 않았고
여자는 머릿속이 바빠졌다

돌아서 갈까, 태연한 척 건널까
눈이 마주친다면 인사해야 할까
모르는 척 지나가야 할까
그러던 중 남자가 고개를 들었다
그 역시 여자를 발견한 듯했다

신호가 바뀌고
둘은 서로가 있는 방향으로 걷기 시작했다

여자는 머리가 하얘졌다
고작해야 몇 분이면 끝날 거리가
너무 멀게만 느껴졌다
남자와의 거리가 점점 가까워지고
여자는 고개를 돌릴 자신이 없었다
그때 남자가 여자의 손을 잡았다

"오랜만이야. 잘 지냈어?"

남자는 말을 건넴과 동시에
방향을 돌려 여자를 따라 걸었다
여자는 그제야 고개를 돌려 남자를 쳐다봤다
여자는 대답보다 눈물이 먼저 나왔다

요즘 자꾸만 같은 내용의 꿈을 꾼다.

나는 그래요

도무지 담아두는 걸 못해서
말도 많고 눈물도 많은 편이에요.

대체로 마음은 입이나 눈에서 나오는 거잖아요.

정리할 준비

그 사람과 헤어지고 제일 먼저 현관 비밀번호를 변경했다. 언제까지 헤어진 사람의 생일 네 자릿수를 입력해 집에 들어올 수는 없는 노릇이었다. 문제는 변경한 후였다. 비밀번호를 한 번에 입력하고 집에 들어오는 날이 거의 없었다. 전만 해도 습관처럼 입력했던 터라 괜찮았는데, 오히려 변경하고 난 후 하루에 최소 한 번은 의식하게 됐다.

같이 찍은 사진 한 장 지우지 못했을 때였기에 툭하면 울었다. '정리'라는 것은 어떤 것을 치우기 위한 행위인데, 할수록 흐트러지는 기분이 들어 정리하는 일을 멈췄다. 준비되지 않은 상태에서의 정리는 하나도 도움이 되지 않았다. 그렇다고 해서 비밀번호를 되돌려놓을 생각은 없었다. 언젠가 비밀번호를 틀리지 않고 자연스레 집에 들어오게 되는 날이 오면, 다시 정리를 시작해볼 심산이었다.

몇 번의 진심

"나 지금 치킨 시켰는데, 혼자 먹으니까 맛이 없어."

툭하면 욱해서 헤어지잔 사람을, 이런 말로 잡은 적 있어요. 그땐 어떤 말로든 먼저 다가가면 그 사람이 올 거라는 거 알고 있었거든요. 우린 매번 그랬으니까요. 그는 헤어지자는 말이 쉬운 사람이었고, 나는 그와 헤어지는 게 어려운 사람이었어요.

초반엔 헤어지잔 말을 들을 때마다 마음이 무너지는 것 같았는데, 어느 순간부터 이번엔 어떤 말로 잡아야 하나 고민하고 있더라고요. **사랑한단 말은 매일 들어도 진심 같은데, 헤어지잔 말은 아무리 들어도 진심 같지 않아서 그랬을까요. 아**

니면 내가 믿고 싶은 대로 믿었기 때문일까요.

마지막 이별 역시 그의 입에서 나왔고, 그렇게 헤어지고 나니 알겠더라고요. 수없이 들었던 이별의 말 중 몇 번은 정말 진심이었겠구나, 그 몇 번의 진심을 내가 외면한 거였구나. 이제야, 이제야 내가 그의 진심을 받아들인 거구나. 이미 끝난 것도 모르고 계속 붙잡고 있었다는 사실이, 어쩐지 조금 미안하고 슬펐어요.

멈추다

●

: 혼자 하는 사랑을 그만두다.

또는 끝끝내 손을 놓다.

꽃잎 점

사랑했다, 안 했다, 사랑했다, 안 했다….
이제는 과거형으로 꽃잎 점을 본다.

서로 다른 답답함

가끔 잠이 오지 않을 땐 이불을 머리끝까지 덮어야만 했다. 그 사람과 함께 있을 때 느낄 수 있는 답답함이 그리웠다. 우리가 우리일 때, 나는 항상 그의 발보다 나의 발이 더 밑으로 내려 가도록 누워 있었다. 은은한 샴푸 향이 나는 목덜미보다는 조금 더 아래, 가슴팍에 얼굴을 폭 묻었을 때 느껴지는 답답함을 좋아했다. 그곳엔 금방 날아가버릴 것 같은 샴푸 향 대신 나만 맡을 수 있는 무언가가 있었다. 온갖 불편함을 감수하고서 라도, 닿고 싶은. 나는 그걸 사랑이라고 생각했다.

하지만 그 답답함은 나에게만 사랑으로 존재했다. 둘에서 하나가 되었을 때 완전했던 나와 다르게 그는 둘을 잃지 않으면서 때때로 혼자이고 싶어 했다. 다시는 놓지 않을 사람처

럼 껴안다가도 어느 순간 숨이 막혀오는 걸 견디지 못했다. 그
럼에도 헤어지자는 말은 꺼내지 않았다. 대신 지금까지와는
다른 모양으로 사랑해야만 했다. 나는 그가 아닌 곳에서 숨을
쉬어야 했고, 그는 가끔 나에게서 숨을 쉬어야 했다.

**서로 다른 호흡으로 사랑을 말하는 것은 여간 어려운 일
이 아니었다.** 어쩌면 당연한 결과일지도 모른다. 애써 눈감고
모르는 척했어도 코에 닿을 듯한 이별을 피할 수는 없었다.
그렇게 우리는 서로의 답답함에서 벗어났다. 아니, 나에게는
쫓겨났다는 표현에 더 가깝다. 슬픈 표현이지만 정말 그랬다.

돌아서다

·

: 이별이 최선임을 깨닫거나 사랑이 끝났음을 확신하다.

다른 의미

혼자일 때 외롭다는 것과
사랑할 때 외롭다는 것은

같은 표현을 쓰지만
다른 감정을 품는다.

누군가를 사랑해서 외로운 건
한겨울에 눈사람을 껴안은 일

그리고
누군가의 얼굴보다
뒷모습을 더 많이 보게 되는 일.

그리운 소리

입술을 삐죽거리는 습관이 있다. 주로 생각에 잠기거나 멍하게 있을 때인데, 조용한 머릿속과는 다르게 입술에서는 바람 빠지는 소리가 난다. 풍선 바람이 빠지는 소리와 흡사하다. 작은 소리이기에 그 사람이 알려주기 전까진 전혀 몰랐다. 나도 모르게 소리가 새어나올 때마다 그 사람은 귀엽다는 듯 쳐다봤다. "너 병아리 같아"라고 하면서.

언제부턴가는 소리가 날 때마다 내가 먼저 그 사람을 찾았다. 귀엽다는 말을 듣기 위해서였다. 내가 소리를 자유자재로 낼 수 있게 되자 그 사람은 때와 장소를 가리지 않고 듣고 싶어 했고, 나는 별것도 아닌 소리를 좋아하는 그 사람의 모습이 좋았다. 누군가를 사랑하게 되면 바람소리조차 즐거운

음악이 되는 것처럼 우리도 그랬다. 그땐 별게 다 특별했다.

지금도 입술을 삐죽거릴 때면 무심결에 소리를 낸다.

시리다

●

: 계절과 상관없이 마음이 춥다.

또는 여럿이 함께 있어도 외롭다.

마음의 문

마음을
여는 일과 닫는 일.

둘 다
내게는 어려웠으나
한 번 열린 마음은
도통 닫힐 줄 몰랐다.

어느새 수많은 것들이
마음 틈에 끼어 있었으므로.

사랑 오남용

가끔 그의 말은 내 귀를 거쳐 뇌에 닿은 것이 아니라 그의 입에서 바로 내 마음에 꽂혔다. 그는 아주 작은 단어로도 나를 울리거나 웃게 만들 수 있었다. 사랑이라는 무기를 쥐여준 탓이었다.

나 그래도 후회는 없어요

매일 행복함에 젖어 웃으며 지낸 건 아니었어요. 꽃밭도 아니었고 별로 따듯하지도 않았어요. 하얗거나 예쁜 색은커녕 까맣지만 않으면 다행이었어요. 일 년에 삼백 일은 울었어요. 찔끔찔끔도 아니고 엉엉이요. 대부분 서러움 때문이었어요. 연일 머리가 아프고 눈이 자주 부어 있었어요. 정신에 이상이 생긴 것 같았어요. 새벽에도 막 소리를 지르고 거울도 깨부수고 그랬어요. 감정을 주체할 수가 없었어요. 한 번은 울면서 부탁한 적도 있어요. 나 좀 병원에 데리고 가달라고요. 이러다 간 죽을 것 같다고 하면서요.

그만큼 미쳐 있었어요. 그 사람한테요. 사랑하는 마음을 넘어선 것 같았어요. 이딴 게 사랑이 맞나 싶을 때도 있었는데, 다시 생각해도 사랑이었어요. 매일 봐도 보고 싶고 미친 사람처럼 울다가도 그 사람을 보면 웃었어요. 갓 태어난 아기처럼 빵긋이요. 주변 환경이나 상황 때문에 다툴 때마다 그 사람을 데리고 멀리 도망치고 싶었어요. 다 비우고 우리 둘만 생각할 수 있는 곳으로요.

왜 그렇게까지 사랑했는지 아무리 생각해봐도 모르겠어요. 그럴 이유가 별로 없거든요. 외모가 특출한 것도 아니고 성격이 좋은 것도 아니었어요. 그 사람은 툭하면 삐지고 화내고, 어린애처럼 떼를 썼어요. 그나마 이유를 꼽아보면 그런 모습이 귀여웠어요. 챙겨주고 싶고, 안아주고 싶고, 채워주고 싶었어요. 아마도 모성애 비슷한 것 같은데, **그래도 사랑은 사랑이잖아요. 손이 많이 가는 모자란 사람이라 좋았어요.** 내가 그 사람 옆에서 뭔가 해줄 수 있다는 게 기뻤어요. 수년을 그렇게 만났어요. 밤마다 혼자 울고, 낮이면 그에게 달려가서 웃기를 반복했어요. 정말 그랬어요. **나 그 사람 그만큼 사랑했어요.**

잊다

•

: 마음 한구석에 누군가를 숨기고는

생각나지 않는 척하다.

사랑하기 때문에

내가 너를 싫어하는 이유는
무수히 많았지만,

그중 어떤 것도
우리가 헤어져야 하는
이유가 되지는 못했다.

미워하다

●

: 마음이 남아 잊지 못하다.

또는 사랑했던 시간을 그리워하다.

우리의 날씨

눈물이 왈칵 쏟아지면 마음뿐 아니라 눈에도 통증이 와. 나는 눈물이 많은 사람이라 네 앞에만 서면 눈을 똑바로 뜨기가 힘들었어. 어떤 날은 너무 맑아서 울컥했고, 또 어떤 날은 너무 쏟아져서 슬펐거든. 그럴 때마다 나는 우산을 쓸 생각도, 어딘가에 들어가 비를 피할 생각도 못 했어. **한바탕 내리고 나면 갤 테니 같은 자리에서 무지개를 기다려야겠다는 생각뿐이었지.**

고대의 사람들은 무지개가 신과 사람을 연결하는 다리라고 믿었대. 나도 그들과 비슷한 마음이었던 것 같아. 아무리 비가 오고 바람이 불어도 무지개가 뜨는 한 우리가 끊어질 일은 없다고 생각했거든. 내가 비 맞으며 맑은 해를 기다릴 때, 너는 어떤 날씨를 살고 있었니. 내가 무지개를 보며 행복해할 때, 너는 어떤 것을 보고 있었을까. 어쩌면 우린, 같은 공간에 있으면서 다른 시간을 살았던 건가 봐.

나도 오해영처럼

드라마 장르는 멜로를 선호한다. 드라마에 나오는 사랑은 연기인데도 현실보다 더한 사랑을 보여주기 때문이다. 가끔은 마음 아플 만큼 절절한 장면에 눈물을 흘리기도 한다. 현실에서는 그런 마음을 보기 드물다. 물론 연기를 잘하는 배우여야 몰입이 된다.

수많은 멜로드라마를 봤지만, 그중 tvN에서 방영한 〈또 오해영〉이라는 드라마를 가장 좋아한다. 서현진, 문정혁 두 배우의 탄탄한 연기력과 주옥같은 대사 그리고 찰떡같은 OST까지 어느 하나 아쉬운 게 없었다. 나는 극 중 서현진 배우님이 연기한 오해영의 연애 방식이 나와 비슷하다고 느꼈다. 오해영은 누군가를 사랑하는 데 마음을 아끼는 법이 없다. 아무리 밀어내고 내쳐도 다시 달려간다. 상대방이 한없이 차가워도 웃으며 안긴다. 조금 미련하게까지 보이는 그 모습이 나에겐 너무 예뻐 보였다. 어쩌면 저렇게 용감할까. 나는 드라마를 보는 내내 마음속으로 그녀를 응원했다. 배우 서현진이 아니라 사랑에 빠진 오해영을.

"정말 마음에 드는 사람 만나면
발로 채일 때까지 사랑하자.
인생에 한 번쯤은 그런 사랑
해봐야 하지 않겠니."
- 드라마 〈또 오해영〉 중에서

오해영은 결혼식 전날 사랑하는 사람에게 이별을 통보 받고도 새로운 사랑을 갈구한다. 그것도 열렬하게. 쌍방이 아니라는 이유로 포기하지도 않으며 자신을 책망하는 일도 없다. 나 역시 오해영과 비슷한 마음으로 누군가를 사랑한 적 있다. 매일 그 사람을 기다리고 일주일에 닷새는 울었다. 뭐 이런 게 다 있나 싶을 만큼 질척거리기도 했다. 그때의 나는, 그런 나를 동정하면서 미워했다. 끊어내지 못하고 있는 내가 불쌍했고, 그 사람을 원망할 수 없어 나를 원망했다. 응원은커녕

끝없이 자책만 했다. 안 될 걸 알면서 놓지 못해 붙잡는 거라고 생각했다. 몸은 달려가고 있으면서 머리로는 체념하고 있었던 거다. 늘 자신을 애틋하게 여기던 오해영과 달리 나는 나에게 하나도 도움 되지 않는 사람이었다는 걸 드라마를 통해 깨달았다.

여전히 나는 누군가와 이별할 때 남은 마음을 주체하지 못하고 질척거린다. 하지만 더는 자신을 미워하지 않는다. 그저 멈출 줄 모르는 마음이 가엽고 애틋하다. **마음이 끝나지 않은 상태에서의 이별이란 함께 출발했으나 상대방은 도착했고 나는 갈 길이 남은 것이다.** 힘들겠지만 혼자 조금 더 걸어가다 보면 이별에 도착할 수 있다는 걸 이제는 안다. 그러니 내가 할 일은 멜로드라마 속 주인공을 응원할 때처럼 스스로를 응원해주는 것뿐이다.

밤새다

·

: 눈을 감으나 뜨나 계속 떠오르는

누군가로 인해 잠 못 이루다.

나 혼자서

아프지 말자, 우리 아프지 말자.
이제 그렇게 말해줄 사람이 없어
내가 나를 안아주어야 했다.

이미 아픈 마음이
더 아픈 마음을.

남아 있는 것

사랑에 빠지면 예뻐진다는 말이 있다. 정확히는 상대방을 향한 마음의 예쁨. 누군가를 볼 때 유독 빛나는 눈동자라든가 야들해지는 목소리, 함께 있을 때마다 들떠있는 기분 같은 것들. 나는 그 모습이 무척 귀하다고 생각했다. 아무에게나 보여줄 수 있는 것도 아니었으며, 보여주고 싶다고 해서 나오는 것도 아니기 때문에. 누군가가 있어야만 존재하는 것이라 믿었기에 더 특별하게 느껴졌을지도 모른다.

혼자 있을 때의 나와 타인과 있을 때의 나 그리고 너와 있을 때의 나는 너무 다른 사람이었다. 혼자 있을 때는 대부분 무기력했고, 우울했으며, 자주 슬펐다. 타인과 있을 때는 웃고 싶지 않아도 웃었고 울고 싶을 때는 참았다. 너와 있을 때는 계속 웃거나 계속 울었다.

나는 너와 함께 있을 때의 나를 가장 좋아했다. 꽤 솔직하고 대담했으며 거침없었다. 간지러운 말들도 답지 않은 표정도 내비칠 수 있었다. 내가 모르는 모습이 자꾸만 나왔다. 아침엔 어른이었다가 저녁엔 아이였다가 했다. 지나치게 감정적인 사람이라고 생각했던 내가 지극히 이성적인 사람이 되기도 했고, 어떻게든 예뻐 보이고 싶어 입지 않던 짧은 치마를 입기도, 내 취향과 다른 프릴 잔뜩 달린 블라우스를 사기도 했다. 나는 매일 옷 갈아입듯 다양한 얼굴을 꺼내왔다. 네게 더 많은 나를 보여주고 싶다는 마음과 새로운 나를 만난다는 설렘으로, 계속해서.

너를 사랑한 시간 동안 나는 나의 다양한 모습을 많이 알게 되었다. 이제는 네가 나를 소중히 여기지 않는다거나 부드러이 만져주지 않아도, 세상에서 가장 예쁜 것을 보듯 바라봐주지 않아도 나 괜찮다. 너와의 만남은 끝났음에도 너를 사랑하면서 만들어진 내가 여기 남아 있다. 사랑하는 상대가 있어야만 볼 수 있는 것이라 생각했던 어리석음은 사라진 지 오래다.

너에게 고맙다. 너를 그토록 사랑한 시간 덕에, 나는 나를 더 사랑할 수 있게 되었다. 옆에 누군가가 없어도 나 여전히 귀하고 예쁜 사람으로 산다.

사라지다

•

: 헤어지자는 한마디에 그간의 마음이 없던 일이 되거나
나를 사랑해주던 누군가가 없어지다.

그렇다고 괜찮은 건 아니고

나는 사랑 앞에 뵈는 게 없는 타입이라 혼자인 게 낫다고 생각한 적도 있다. 연애만 시작하면 일은 물론 지인에게까지 소홀해지는 일이 부지기수였기 때문이다. 일찍이 첫사랑과의 오랜 연애를 통해 깨달았으면서도, 다른 어떤 것보다 사랑이 먼저이고 전부였다.

그러다 글을 쓰기 시작하면서부터는 쓰는 일에 많은 시간을 보냈다. 이십 대 초중반은 거의 혼자였고 그렇게 오랜 시간을 보내다 보니 혼자였던 기간이 아까워 연애를 멀리하고 싶은 마음이 들었다. 혼자였던 기간이 아까웠다는 건 굳이 지금이 아니더라도 언젠가 더 좋은 사람이 나타날 것 같다거나 이왕 연애를 시작할 거면 오래 만날 수 있을 것 같은 사람과 연애하고 싶다는 마음이었다. 당시엔 외로움보다 글을 쓰는 즐거움이 더 컸으며, 조만간 첫 책을 출간하는 기대감에 차 있기도 했다.

원고 작업이 끝나고 출간을 두어 달 정도 앞둔 시점에 연락하는 사람이 생겼다. 그는 연상이었으며 본인의 일을 진심으로 사랑하는 게 느껴지는 사람이었다. 대화를 나눌수록 보이는 어른스러운 모습에 약간의 존경심과 호감이 생겼고, 우리는 한두 달 연락을 주고받다 자연스레 연애를 시작했다. 아마 원고가 마무리되지 않은 시점이었으면 시작이 어려웠을 것이다. 이래서 연애는 타이밍이라고 하나 보다 싶었다.

당시 나는 모아둔 돈으로 근근이 생활을 유지하며 글을 썼고 그 사람은 매일같이 일하느라 바빴다. 서로의 생활패턴이 달라 조율하며 만나는 것이 쉽지 않았는데, 보고 싶을 때마다 만나야 하는 나와 다르게 그는 규칙적으로 만나길 원했다. 게다가 업무에 지장이 생기는 것을 무척 싫어했으며, 한 번도 충동적인 모습을 보이지 않았다. 그동안의 나와 정반대 모습이었다. 초반엔 내게 소홀한 것 같다며 자주 서운함을 토로했고 그로 인해 많이 다퉜지만, 같이 있을 때만큼은 내게 최선을 다했다. 무척 다정했으며 애정 표현도 곧잘 했다. 어느새 나역시 그렇게 만나는 것이 익숙해졌고 연애할 때마다 상대방이 우선이었던 나는 점차 내 일에 더 집중하기 시작했다. 출간직후 글쓰기 수업을 진행하기도, 출판사에 취업하기도 했다. 직장 생활을 하면서 차기작 준비까지 일사천리였다. 연애를하면서도 많은 일을 해내는 내 모습이 낯설지만 좋았다.

늘 그렇듯 문제는 이별하고 나서였다. 이전의 연애는 이별 후 내 생활을 되찾느라 바빴다면 이번엔 무기력감이 몰려왔다. 한동안 아무것도 못 하고 집에만 있었다. 침대에서 벗어나질 않았다. 종일 깨어 있기도, 종일 잠을 자기도 했다. 전과 달리 누구에게도 연락하지 않고 온전히 혼자 이별을 감당했다. 다행히 오래 가진 않았다. 금세 다시 움직여 내 할 일을했다. 누군가를 사랑할 때도 잘 지켜오던 내 생활을 이별했다고 해서 놓고 싶지 않았다. 이전과는 다른 사람이 된 것 같았다. 분명 무척 슬펐고 허무함에 수시로 울기도 했다. 그래도 생활은 지속됐다. 아침에 눈을 떠 밥을 먹고 청소를 하고 외출 준비를 마치면 노트북을 들고 카페에 가 글을 썼다. 잘하고 있는지 아닌지는 중요하지 않았다. 그저 뭔가를 하고 있다는 사실이 중요했다.

이제 나는 누군가와 연애하더라도, 누군가를 너무 사랑하게 되어 사랑으로 가득 찬 상태가 되더라도 내 생활을 잃지 않을 수 있다고 말할 수 있는 사람이 됐다. 한 번 해봤으니 두 번째는 더 잘할 수 있을 거라는 말도 덧붙일 수 있겠다. **그간의 이별이 내게 제자리걸음이었다면, 이번 이별은 나를 한 걸음 더 나아가게 했다.** 그렇기에 퍽 슬프지만은 않은 이별이었다.

어떤 색으로

사랑하는 사람이 떠나서 많이 힘들지. 세월과 마음, 그 외에도 많은 것을 쏟아부었는데 결국 이별이라니. 허무하다는 생각이 드는 게 당연해. 쉬는 날이면 허전함이 증폭될 거고, 외로움에 서럽기까지 할 거야. 차라리 바쁘면 생각이라도 덜 날 텐데. 당장 아픈 마음 추스르고 내게 남은 게 뭘까 한참을 고민해도 모르겠지.

그런데 있잖아. 정말 남은 게 아무것도 없을까. 당장은 억울하고 서러운 마음인 거 아는데, 이별은 그게 다가 아니거든. 슬픔에 가려져서 잘 안 보이는 거지, 실은 구석 어딘가에 따뜻함이 숨어 있어. 시간이 지나 상처가 옅어질 때쯤 만나게 될걸. 누군가를 사랑하고 이별하면서 느꼈던 소중한 감정들 말이야.

사랑은 이별했다고 해서 사라지는 게 아니라 이전과 다른 형태로 남아. 설레는 분홍이었다가 따듯한 노랑으로 변하기도, 뜨거운 빨강이었다가 잔잔한 파랑이 되기도 해. 지금은 얼룩졌거나 검은색처럼 보일지라도 나중에 돌아봤을 때, 네 사랑은 어떤 색으로 남을까. 최선을 다해 사랑한 만큼 무척 예쁘겠지. 나는 그게 참 기대되고 궁금해. 언젠가 지난 사랑이 제 색을 찾게 되는 날이 오면, 그때 꼭 알려주러 와.

그동안 사랑하고 이별하느라 고생 많았어.

새로운 마음으로

이별은 두 사람을 떠나보내는 일이다. 사랑하는 사람과 이별하고 나면 그때의 나 역시 보내줘야 하기 때문에. 누군가를 사랑해서 행복했던 나를 떠나보내고, 새로운 나를 맞이해야만 다시 사랑을 시작할 수 있으니.

잃어버리다

•

: 함께 걷던 이가 사라지면서 길을 잃다.

또는 완전한 혼자가 되다.

PART 2

사랑 아니면
무의미한

미친 사람처럼

다시 누군가를 사랑하게 된다면 나 같은 사람을 만나고 싶어요. 약간 제정신이 아니었으면 좋겠어요. 현실감각이 떨어지면 더 좋을 것 같아요. 중요한 일을 하다가도 보고 싶다는 내한마디에 전부 내팽개치고 나한테 달려올 수 있는 사람이었으면 해요. 나처럼 물욕보다 사랑욕이 강한 사람이요. 비싼 선물, 좋은 장소, 수려한 외모, 다 필요 없어요.

정신 나간 사람처럼 사랑하고 싶어요. 머리에 꽃 하나 꽂고 웃으면서 마음껏 뛰어다니고 싶어요. 남들이 미친것들이라고 수군댔으면 좋겠어요. 미친 사람 둘이 만나면 정상적인 연애를 할 수 있지 않을까요. 서로 좋아 죽는 그런 거요. 나만 미치면 자주 억울하고 자주 서운해요. 열렬히 사랑하는데도 마음이 아파요. 사랑하는 감정이 커지면 커질수록이요. 나는 어떻게 해야 미칠 수 있는지 아는 사람이에요. 어떤 마음이 사랑인지 확실히 알아요. 내가 바라는 건 별거 없어요.

오늘이 마지막인 것처럼 사랑해주세요. 내일이면 사라질 것처럼 대해주세요. 다른 사람은 신경 쓰지 말고 오로지 나만 봐주세요. 나와 닿아 있는 시간만큼은 내게 집중해주세요. 세상에 둘밖에 없는 것처럼 다 보여주세요. 최선을 다해서 사랑하고 싶어요. 세상에서 제일 미친 사람이 되고 싶어요.

빠지다

●

: 어디서 누구와 있든 특정한 사람만
생각하거나 수시로 언급하다.

눈빛만 봐도

사랑할 때 저는 진짜 솔직한데
상대방은 가끔 그걸 몰라요.
말이 다가 아닌데.

배배 부끄러워하면서
눈빛으로도, 손끝, 발끝으로도
미친 듯이 사랑을 말하고 있는데요.

if you want

나는 끈기가 부족한 사람이래요. 사주를 보러 가도, 타로를 보러 가도, 관상만 봐도 그렇대요. 사실 틀린 말 같진 않아요. 뭐든 도전하는 건 좋아하는데 마무리가 종종 아쉬운 편이거든요. 취미가 많은 이유도 비슷한 탓인 것 같아요. 재밌어 보이면 다 건드려놓고 금세 흥미를 잃어요.

그런데 정말 좋아하는 것만큼은 그렇지 않아요. 쓰는 일만 봐도 그래요. 수년간 글을 쓰고, 벌써 세 권의 책을 냈어요. 사랑하는 것들을 위해서라면 나는 세상에서 가장 부지런한 사람이 될 수도 있어요. **사랑은 사람을 자꾸 변하고 싶게 만들어요.** 게으른 나를 계속 움직이게 해요. 그건, 내가 사랑하는 당신이 원한다면 나는 뭐든 될 수 있다는 뜻이기도 해요.

설레다

·

: 모든 날이 푸르게 느껴지거나
별거 아닌 일에도 웃음이 새어 나오다.

나도 그거 좋아하는데

좋아하는 사람 앞에선 자꾸 맞장구치게 된다.

"와, 정말요? 저도요.
저도 그거 진짜 좋아해요."

사실 그렇게 좋아하는 주제가 아니더라도
어쩐지 앞으로 좋아질 것 같은 마음에.

질투가 많은 사람

나는 누군가를 좋아하게 되면 그 사람을 생각하는 크기만큼 질투심도 자란다. 으레 그렇듯 이성 친구나 직장 동료부터 과거에 머물렀을 누군가까지. 얼굴도 모르는 사람을 질투한다니, 스스로 바보 같다고 생각하면서도 괜히 미운 마음을 먹게 되는 건 어쩔 도리가 없다. 대신, 딱 거기까지다. 애인의 과거를 궁금해하거나 캐묻지 않는다. 더 깊은 관심을 갖게 된다면 보이지 않는 상대와 혼자 싸우고 있을 게 분명하니까.

질투 많은 사람을 다루는 법은 생각보다 쉽다. 무조건 모르쇠로 일관해야 한다. 애인의 말을 무시하거나 딴청 피우라는 게 아니라 '나는 너밖에 몰라'를 계속 주입하라는 말이다. 애인을 만나기 이전엔 아무런 기억도 없는 사람인 척해야 한다. 자꾸 과거 사람에 관해 물어보더라도 당황하지 않고 애인의 이름을 말하면 된다. 또, 예뻤냐고 묻는 말에 고민하는 모습을 보여서도, 네가 더 예쁘다는 비교의 답도 하면 안 된다. 만났던 사람을 묻는 말에 애인의 이름을 말했으니 그렇다고 대답하면 된다. 그렇게 한다면 질문은 잊고 예쁘다는 칭찬에 입꼬리가 천장까지 올라가 있는 애인의 모습을 보게 될 수도 있다.

질투심은 사랑을 바탕으로 한 마음이다. **가끔 지나치게 유치한 모습을 보이거나 말도 안 되는 생떼로 힘들게 하더라도, 사랑하기 때문에 생겨난 마음이라는 사실만큼은 잊지 말자.** 사랑이 깊어지면 자연스레 옅어질, 뾰족하고 귀여운 사랑의 형상이니.

이상형

누군가가 이상형에 대해 물으면
저는 잘 모르겠다고 답해요.

이상형에 대해 구구절절 늘어놓아도
결국 내가 정해둔 모든 제약을
깨부수는 사람과 만나게 되던걸요.

감정의 보폭

어쩐지 가까워지고 나면 사랑에 빠질 것 같은 사람이 있다. 여러 취향이 겹치거나 함께 있을 때면 편안해져 자꾸 대화하고 싶어지는 사람. 보통의 사람들은 그런 사람이 생기면 다가가거나 호감을 표시하겠지만, 나는 약간 거리를 두게 된다. 내 감정의 보폭은 남들보다 넓은 편이라 한 번 내딛기 시작하면 조금 앞서나가는 경향이 있기 때문에. 인연을 흘려보내는 건 아쉬우면서도, 혼자 멀리서 누군가를 기다리는 일은 여전히 어렵고 무섭다.

사랑을 이긴 적 없어요

사랑에 빠지면 다른 건 눈에 들어오지도 않고 사랑이 전부예요. 늘 지켜오던 것들 모두 그 사람에게 맞춰져요. 취향도, 입맛도, 옷 입는 스타일까지요. 그가 화려한 걸 좋아한다고 하면 어떻게든 열심히 화장하고 눈에 띄는 옷만 사 입어요. 수수한 걸 좋아한다고 하면 화장은 최대한 옅게 하고 얌전한 옷만 사 입고요. 그 사람 눈에 예쁜 게 제 눈에도 예쁜 것 같아요. 어떻게든 예쁨을 듬뿍 받고 싶어요.

그렇다고 무작정 얌전하진 않아요. 할 말은 다 해요. 혹시 나를 싫어하게 되면 어떻게 하지, 이러다 싸워서 헤어지면 어떻게 하지. 그런 걱정도 하지만 그래도 어쩌겠어요. 사랑하는 사람 앞에서 나는 자주 발가벗겨져요. 담아두는 걸 전혀

못 해요. 지나치게 솔직하고 단순한 사람이 돼요. 오라면 오고
가라면 가면서 왜 자꾸 너는 안 오고 나만 부르냐고 화내요.
그래놓고 다음에 또 가요. 큰소리는 그렇게 잘 치면서 한 번도
사랑을 이긴 적은 없어요.

웃다

●

: 입에 마음이 달처럼 피어나다.

메모장에 숨겨뒀어요

글이 잘 써지지 않는다는 내 말에, 그 애는 최대한 많은 것을 눈에 담아보라고 했어요. 걸을 때마다 주위를 둘러보기도 하고 신호등 기다릴 때 하늘을 보기도 하면서요. 그러다 보면 뭐라도 써질 거라는 말에, 나는 그 애를 계속 쳐다봤어요. 정말 뭐가 떠오르긴 했는데, 선뜻 꺼내기엔 아직 부끄러운 것들 뿐이었어요. 메모장에 글 대신 그 애를 향한 마음이 자꾸 늘어나요.

단순히 좋아한다 말하기엔

가끔 하고 싶은 말이 많은데 못 하는 건, 쓰고 싶은 글이 많은데 못 쓰는 건 적절한 표현을 찾지 못했기 때문이기도 하다. 선명한 마음에 비해 흐린 문장을 전할 수는 없으니. 이대로 전하기엔 아쉽고 참기엔 안달 나는 그 마음.

사소한 다정함

옷에 붙은 보풀을 조심스레 떼어준다거나
손에 들고 있는 무거운 짐을 말없이 들어준다거나
함께 도로를 걸을 때 자연스레 바깥쪽으로 걸어주는 일.

나를 설레게 하는 너의 사소한 행동들.

두근거리다

•

: 종일 누군가를 생각하느라 정신없이 바쁘다.

또는 거울을 보는 횟수가 늘어나다.

내가 너라면

내가 너라면 나를 엄청나게 사랑해줄 거야. "이렇게 예쁜 마음을 나에게 전부 준다니 정말 고마워"라고 말하면서 내 마음을 기꺼이 받아줄 거야. 그다음 내가 제일 좋아하는 카페에 데려갈 거야. 내가 너고 너는 나니까, 너 역시 그 카페를 가장 좋아할 테고, 그럼 나는 우연인 것처럼 기뻐하면서 "우리 정말 운명인가 봐" 같은 부끄러운 말을 서슴없이 내뱉어야지.

그러고선 인생에 두 번 다신 없을 만한 사랑을 할 거야. 세상 모두가 부러워할 만큼 말이야. 아니, 사실 모두가 부러워하지는 않아도 돼. 사랑은 누군가에게 보이기 위한 것이 아니니까. 그래도 우리 이만큼 사랑하고 있다고 가끔은 자랑하고 싶을지도 몰라. 동네 사람들 여기 봐요. 이 사람이 얼마나 사랑스러운지 보세요. 이 사람이 제 애인이에요! 하면서 네 사진을 들고 다닐 수도 있어.

내가 너라면 네가 좋아하는 모든 것을 함께하고, 네 행복이 곧 내 행복이라며 너를 웃게 해줄 거야. 너는 모르겠지만, 나는 알고 있거든. 이 마음이 얼마나 커다랗고 아름다운지. **그러니 내가 너라면 분명 이 고백을 받아줄 거야.**

네가 부른다면 나도 언제든

너를 왜 좋아하느냐면
우울하다는 말에
이유를 묻기보다
언제 시간이 되느냐고 묻거나

'지금 갈게'라고 말해주는 사람이라서.

기대다

●

: 나의 가장 약한 구석을 보여주거나
어린아이처럼 어리광 부리다.

나도 모르는 새

나에게 너는 엄청 대단한 사람이야.
네 말 한마디에 종일 울렁거리거든.

가끔은 표정으로도
또 손짓만으로도
나를 쉼 없이 파도치게 해.

매번 정신 못 차리고
한참이나 휩쓸리고 나서 깨달았지.

아, 내가 너에게 단단히 잠겼구나.
어쩌면 아주 고약한 것에 푹 빠졌구나, 하고.

마음은 언제나 버선발이에요

질투가 많은 사람이 좋아요. 나를 독차지하고 싶어 안달 난 사람이요. 질투가 없는 사람을 만나면 되레 제가 안달이 나요. 질투하는 모습을 보겠다고 별짓을 다 해요. 온갖 방법을 동원해서라도 사랑을 확인하고 싶어 해요. 사랑한다는 말은 아무리 들어도 부족하고 함께 있을 때면 꼭 붙어 있고 싶어요. 어디 안 가고 내 옆에만 있어주면 좋겠어요. 애인이 나 말고 다른 사람을 만나러 간다고 하면 서운해요. 그 귀한 시간 나한테 전부 써줬으면 좋겠어요. 그러면 나 다 제치고 달려갈 수 있는데.

24시간 내내 휴대전화만 보는 건 또 싫어요. 다만, 어디를 가면 간다고, 뭔가를 하면 한다고 미리 말해줬으면 좋겠어요. 그래야 내가 걱정하지 않잖아요. 나는 기다리라고 하지 않아도 매일 기다리는 사람이에요. 가끔 연락이 없을 때면 서운함이 온 맘에 퍼져요. 치, 메시지 하나 보내주는 게 그렇게 어려운가. 그러다 전화가 오면 바로 받아요. 왜 이렇게 연락이 안 됐어요, 기다렸잖아요, 하고 말은 뾰족하게 해도 입은 웃어요. 메시지도 아니고 전화잖아요. 나는 사랑하는 사람의 목소리를 들으면 다 용서가 돼요. 그 사람에게는 미움보다 애정이 먼저 마중 나가기 때문이에요.

손, 난로

그 애는 나보다 손이 작아요. 손가락도 짧고요. 그런데도 매번 내 손을 감싸겠다고 고집을 부려요. 너는 손이 차니까 내가 꼭 감싸줘야 해, 라고 하면서요. 내 손을 아무리 접어도 그 애의 손이 내 손을 감싸기엔 한참이나 모자란데, 자꾸 본인 손이 더 크다며 어린애처럼 우겨요. 그럼 또 못 이기는 척 내가 져줘야 해요. 그 애 손안에 어떻게든 내 손을 구겨 넣고서는 자, 됐지, 하면 닫히지도 않는 주먹을 쥐고서 세상 뿌듯해하는 바보 같은 모습을 계속 보고 싶거든요.

닿다

•

: 좋아한다는 말 대신 손과 손을 포개다.

네가 너라서

내가 너를 사랑하는 일은
하나도 특별하지 않은 일.

여름에 비가 내리고
겨울엔 눈이 내리는 것처럼
너무도 당연한 일.

네가 내게 사랑스러운 것은
하나도 유별나지 않은 일.

더울 땐 덥다 말하고
추울 땐 춥다 말하는 것처럼

너무도 마땅한 일.

우리가 사랑에 빠진 것은
이토록 자연스럽고
평범한 일.

그때 네 얼굴이 어땠냐면

우리의 취향은 정반대였다. 나는 멜로나 드라마 장르의 영화를 좋아하는 반면 애인은 공상과학 영화나 재난 영화를 좋아했다. 애인은 멜로를 질색했으나 나는 무엇을 봐도 상관없었으므로 영화를 볼 때면 애인의 취향을 따랐다.

그러던 어느 날 애인의 인생 영화가 있다며 그걸 보자고 성화였는데, 그날따라 괜히 들어주기 싫었다. 본인은 멜로 영화 한 번 같이 안 봐주면서 내게 취향을 강요하는 모습에 문득 서운해져 그랬다. 우린 별것도 아닌 일에 금방 언성이 높아졌고, 서로 격한 감정을 주체하지 못하고 막말을 주고받았다. 온통 마음에 상처를 주는 말들뿐이었다. 나는 몹시 화가 나 울면서 소리를 질렀는데, 갑자기 애인이 나를 끌어안음과 동시에 잠에서 깼다.

'이게 무슨….'

어안이 벙벙한 상태로 그를 쳐다보니 눈도 뜨지 못한 얼굴로 연신 미안하다 하며 나를 끌어안고 있는 게 아닌가. 알고 보니 나는 꿈속 애인과 다투면서 현실 애인에게 소리를 질러댔고, 그는 아무 영문도 모르는 상태로 나를 달래고 있던 거다. 꿈이었다는 걸 인지하자 실소가 터졌고, 그는 무척 억울한 표정을 지으며 다시 잠에 들었다. 꿈이어서 다행이라고 생각한 것도 잠시, 나는 그 상황이 너무 웃겨 잠이 달아나버렸다. 정신도 못 차린 상태로 나를 달래고 다시 잠든 애인의 얼굴이 너무 사랑스러웠다. 이런 사람을 어떻게 사랑하지 않고 배기겠나 싶어 계속 웃음이 새어 나왔다.

넘치는 마음

"내가 방금 전에 사랑한다고 말했던가?"

"갑자기 그런 건 왜 물어?"

"아니, 분명히 한 것 같은데 계속 말하고 싶어져서. 혹시 말을 안 한 건 아닌가 하고."

주다

•

: 넘치는 마음을 함께 들어달라고 청하다.

또는 무형이나 유형의 것으로 마음을 표현하다.

나의 안정제

스무 살 때부터 시작된 불면증이 아직까지 이어지고 있다. 겨우 잠들어도 네다섯 시간 이상 길게 잠들지 못하고 깬다. 직장 생활을 할 때도 그랬고, 프리랜서 생활을 하는 지금도 마찬가지다. 심할 땐 밤을 꼬박 새고 새로운 하루를 맞는다. 그나마 다행인 건 그와 함께 있을 때만큼은 금방 잠든다는 것이다. 너무 깊게 잠들어버려 도중에 깨지 않고 열두 시간을 내리 잔 적도 있다. 그럴 때면 애인은 본인이 재워준 거라며 온갖 생색을 내고는 뿌듯해했다. 저 혼자 의기양양한 모습이 귀여워 베개에 머리가 닿자마자 코를 골아댄 사실은 종종 모른 척해줬다.

그가 수면에 도움을 준 건 사실이었다. 함께 누워있으면 수면을 방해하는 잡생각이 떠오르지 않았다. **사랑하는 이**

와 함께 있다는 행복함에 다른 것이 낄 틈이 없었다. 그와 누워 있는 시간은 내게 안정제 같았다. 그곳이 어디든 현실이 어떻든 걱정거리 없이 모든 게 평화로웠다. 덕분에 일주일에 한 번, 많으면 두 번 정도는 숙면할 수 있었는데, 그는 내가 본인 없이도 푹 잠들기를 바라는 마음에 '밤새 통화 상태 유지하기'를 제안했다.

내가 잠들 준비를 마치고 침대에 누우면 그가 전화를 걸었다. 나는 그의 숨소리를 들을 수 있도록 스피커폰으로 해둔 뒤 잠을 청했고 첫날은 당황스러울 만큼 푹 잤다. 애인의 숨소리, 코고는 소리, 잠꼬대하는 소리는 내게 포근한 자장가처럼 들렸다. 매일 효과를 본 건 아니었지만, 그 소리를 들으며 눈을 감고 있는 순간만큼은 마음이 편했다. 가끔은 그렇게 잠든 애인을 수화기 너머에 둔 상태로 편지를 쓰기도 했다. 당최 무슨 꿈을 꾸는 건지 도통 알아들을 수 없는 말로 옹알이하듯 잠꼬대하는 그가 미치게 사랑스러울 때였다.

오라는 잠은 안 오고 왈칵 눈물이 들이닥친 적도 몇 번 있었다. **밤새 연결되어 있는 우리의 모습이 못 견디게 애틋해 그랬다.** 실수로 전화가 끊어지면 내가 잠들지 못할까 다시 걸

어주는 그의 마음이 너무 귀했고, 반대로 그가 깰까 걱정돼 다시 걸지 못하는 내 마음이 귀했다. 그렇게 울다 아침이 와도 별 상관없었다. 잡생각으로 잠을 설치는 일에 비하면 과하게 행복한 설침이었기에. 그날 나는 밤샌 사실을 숨기고선 그에게 고맙다 전했다. 오늘 밤도 잘 부탁한다는 말을 덧붙이면서.

너는 내게

참 이상한 일이야. 어떤 날은 네가 정말 미운데, 어떤 날은 너무 소중하고 귀해. **어제는 네가 미워서 울었고 오늘은 너를 사랑해서 눈물이 났어.** 넌 내게 안쓰럽고 가엾고 사랑스럽다가도 괴롭히고 싶고 밉고 가끔은 멀리 도망치고 싶은 그런 사람이야.

사랑의 구분점

박연준 작가님의 책을 읽다 "사랑에는 언제나 한 방울의 연민이 포함되기 때문이다"라는 문장에 깊이 동감했다. 책에서는 할머니와 손녀의 사랑을 말하지만, 나는 연인 간의 사랑에 골몰하던 때이기에 그쪽으로 대입했다. 어릴 때의 나는 동정과 사랑을 구분해야 한다는 말을 들은 적 있기에 상대방이 가여우면 사랑이 아니라고 생각하며 살았다. 도와주고 싶은 마음과 사랑하는 마음은 철저히 다른 거라 믿었지만, 시간이 흘러 누군가를 진심으로 사랑하게 되고 나서 알게 된 사실이 있다.

사랑하는 사람은 언제나 안쓰럽다. 살짝 넘어져 무릎에 작은 생채기만 나도 가슴이 아프다. 그 사람이 다치면 눈물이 난다. 단순히 연민하는 마음으로는 결코 그곳까지 도달할 수 없다.

사랑은 대개 사랑으로만 이루어져 있지 않다. 질투, 원망, 분노 등 온갖 부정적인 감정들이 존재하더라도 사랑이 껴 있다면 사랑인 것이고 아련함과 연민으로 가득하더라도 사랑 없이는 사랑일 수 없다. 만일 두 감정을 구분하기 어렵다면 상대방을 위해 내가 대신 아플 수 있는지 아닌지를 생각해보면 된다. **연민이나 인류애만으로는 불가능한 일, 그게 사랑이다.**

꿈꾸다

●

: 나만의 미래에서 누군가와 함께하는 미래로 바뀌다.

또는 그렇게 되기를 희망하다.

닮고 싶은 마음

때때로 나는 내가 사랑하는 것들과 닮아 있다고 느낀다. 그것이 사람이 아닐지라도 말이다. 누군가 말했다. 고양이는 외로움을 타지 않는 동물이라 적어도 강아지보다는 함께 살기 수월할 거라고. 고양이와 함께 사는 입장으로서 말도 안 되는 소리라고 생각했다. 모든 사람이 똑같은 성향을 지니고 있지 않듯 고양이 역시 마찬가지다.

나와 함께 사는 고양이 두 마리 다 엄청난 애정 결핍이다. 서로 죽일 듯 싸워대다가도 한 마리가 병원에 가 있거나 눈에 보이지 않으면 밤새 울며 서로를 찾아댄다. 또한 내가 자리를 비우거나 나가려는 채비를 하면 귀신같이 눈치채고는 따라다니며 운다. 마치 아이가 엄마에게 저 혼자 두고 나가지 말라고 앙탈 부리는 모습 같다. 잘 때도 별반 다르지 않다. 대부분의 고양이는 본인이 안전하다고 생각하는 공간에서 자려는 습성이 있다는데, 둘 다 내 옆에 꼭 붙어 자려고 한다. 마치 그곳이 안식처라도 되는 듯 내 품속을 파고들어 자리를 마련하고는 나란히 팔을 베고 잔다. 서로의 몸이 맞닿아야만 비로소 편안한 표정으로 잠에 드는 모양새가 어쩐지 나와 비슷하다 느꼈다. 나 역시 사랑하는 사람과 함께 있을 때마다 어딘가 닿아 있어야만 안심하고는 했다.

심지어 내가 종일 집을 비웠다가 들어가는 날이면 두 마리 다 내 옆에 꼭 붙어 하염없이 운다. 왜 이제 들어왔냐며 원망하고 타박하는 것이 영락없는 가족의 모습이다. 네가 자리를 비운 사이 내가 얼마나 외로웠는지 아냐며 하소연하는 귀여운 아들 또는 배우자 같은 존재. 이런 모습 또한 내가 연인에게 왜 이제 오냐며 투덜거리는 모습을 떠올리게 한다. 그들이 내게 바라는 건 많지 않다. 관심과 사랑, 두 가지만 충족시켜줘도 행복하다며 고로롱 소리를 내는 단순하고 사랑스러운 동물. 나도 그렇다. 내가 사랑하는 이에게 바라는 건 오직 관심과 사랑, 내 모난 구석까지 데워줄 따뜻한 온기가 전부다.

이들에게 가끔 나를 투영하다 보니 작은 욕심이 생겼다. 나도 이처럼 누군가를 사랑하고 싶다는 마음. 의심이나 미움 같은 불순물 없이 숫눈길처럼 투명한 마음으로 사랑할 수 있다면, 퍽 다정하고 포근한 만남이 될 테니.

　어쩌면 이만치 순수한 마음은 아니더라도 엇비슷한 모양의 마음은 될 수 있지 않을까. 때때로 이들과 닮아 있다 느끼듯 그것이 실제로 일어날 수도 있지 않을까. 온갖 낙서로 도배된 이 마음에도 언젠가 하얀 지우개가 당도하기를. 오늘도 내 품에서 노곤히 잠든 존재들을 보며, 작은 바람을 적어 본다.

좋아한다는 말

지금 밖에 눈 와.

너한테 제일 먼저 말하는 거야.

따듯한 겨울

화이트 크리스마스를 좋아한다. 추운 건 싫지만, 아름다운 풍경까지 미워할 순 없으니까. 특별한 날, 눈이 주는 설렘. 혼자 보기 아까운 장면을 사랑하는 이와 공유하고 싶은 마음. 매년 크리스마스 시즌이 되면 옆에 누가 있든 없든 마음이 풍선처럼 부푼다. 한번은 이런 질문을 받았다.

"크리스마스의 로망이 있나요?"

질문이 끝나기도 전에 영화 〈러브 액츄얼리〉의 명장면이 떠올랐다. 여전히 나는 영화 같은 장면을 꿈꾸지만, 꿈은 말 그대로 꿈. 닿기엔 너무 먼 이상. 그러므로 나름 현실적이지만, 아직 가져본 적 없는 현실에 대해 말했다.

"사랑하는 사람과 예쁘게 차려입고서 함께 요리해 먹는 일이요. 창밖으론 함박눈이 펑펑 내렸으면 하고 모두가 웃고 떠드는 크리스마스지만, 우리가 있는 공간만큼은 둘만의 다정한 침묵으로 채워지면 좋겠어요. 식사가 끝나면 마주 앉아 와인이든 커피든 마시면서 지나갈 한 해에 대한 이야기를 나누기도 하고, 서로에 대한 사랑을 확인하기도 하고요."

생각보다 평범하다고 할 줄 알았는데, "따듯한 크리스마스겠네요"라는 말을 들었다. 맞아요. 제가 바라는 건 따듯한 크리스마스였네요. 한겨울에 맛보는 따듯함이라니. 어쩌면 영화보다 더 영화 같을지도 모르겠단 생각을 했다. 특별함 속 평범함. 사랑이나 크리스마스나 별반 다르지 않은 걸 꿈꾸는 사람이었구나, 나는.

다가가다

•

: 누군가에게 궁금한 것이 생기다.
또는 누군가의 일상을 함께하고 싶어 하다.

마음은 쓰라고 있는 것

'금사빠'라는 수식어가 있다. '금방 사랑에 빠지는 사람'을 줄인 단어인데, 실제로 그런 사람을 몇 번 본 적이 있다. 그들은 말 그대로 금방 사랑에 빠지기 때문에 사랑의 대상이 자주 바뀌었지만, 그렇다고 해서 가벼운 마음은 아닌 것 같았다. 내가 사랑에 빠졌을 때와 별반 다르지 않아 보였다. 단지 열병을 앓는 기간이 조금 짧을 뿐이었다.

남들은 한창 연애할 이십 대 초중반 내내 혼자인 시간이 길었다. 딱히 누군가를 만나야 할 필요성을 느끼지 못했고 혼자 지내는 것이 외롭지도 않았다. 하지만 후반에 들어서며 아차 싶었다. 이십 대에 최대한 많이 만나보라는 조언을 귀담아들을걸. 사람을 많이 만나다 보면 사람 보는 눈을 기를 수 있듯이 연애를 많이 하다 보면 상대를 고르는 눈이 생김과 동시에 나 자신을 더 잘 알 수 있게 된다고 한다. 예를 들면 나의 인내심은 어느 정도인지, 사랑을 위해 어떤 일까지 할 수 있는 사람인지. 어쩐지 나는 나를 너무 모르는 것 같더라니. 그러니 가끔은 금사빠가 부러웠다. 나는 시작이 어려운 사람인데 반해 대부분의 금사빠는 직진 타입이라 시작도 곧잘 했다. 그들은 나와 달리 얼굴이나 손에 항상 사랑을 들고 다녔다.

늘 사랑하며 사는 그들을 보며 나도 가끔은 마음을 주머니에 넣고 다닐 수 있었으면 좋겠다고 생각했다. 동시에 '제 역할을 해야 할 때가 오면 언제든 꺼내어 건네줘야지' 하고 다짐 비슷한 혼잣말을 하기도 했다. 오랜 기간 사용하지 않아 고장 나버린 마음으로 누군가를 사랑할 수는 없기에.

우연에 설레기도 한다

오랜 장마가 끝난 늦여름이었다. 후덥지근했던 어제와 달리 맑고 화창했으며 하늘은 구름 한 점 없이 파랬다. 오랜만에 친한 언니를 만나기로 한 날이었다. 좋아하는 날씨에 괜히 마음이 들뜬 나는 약속 시간보다 한 시간 일찍 도착했고, 강남역 11번 출구는 늘 그렇듯 사람들로 붐볐다. 직업 특성상 많은 시간을 혼자 보내기에 인파 속으로 뛰어드는 일은 가끔 멀리 여행 온 기분을 느끼게 했다.

잠깐의 여행을 마치고 어디 카페라도 들어가 기다릴까 하는 생각으로 주변을 구경하며 걸어가는데 갑작스레 소나기가 쏟아졌다. 분명 비가 온단 소식은 없었다. 당황스러운 마음에 무작정 뛰다 가까운 중고서점에 들어 가 비를 피했다. 고작 일이 분밖에 지나지 않은 것 같은데, 바지 밑단이 흥건히 젖어 있었다. 마침 약속 시간도 남았으니 책이라도 읽으며 젖은 바지를 말려야겠다고 생각한 나는, 천천히 서점을 둘러보다 좋아하는 작가님의 시집을 발견했다. 이미 누군가가 훑고 갔는지 책날개가 중간 부분에 접혀 있었고, 나는 자연스레 시한 편을 마주했다.

생활과 예보

비 온다니 꽃 지겠다

진종일 마루에 앉아
라디오를 듣던 아버지가
오늘 처음으로 한 말이었다

- 『우리가 함께 장마를 볼 수도 있겠습니다』, 박준, 문학과 지성사, 2018.

어떤 다정한 이가 다녀간 걸까. 그는 비가 올 것을 예상이라도 한 걸까. 어쩌다 발견한 우연에 자꾸만 마음이 들썩거

렸다. 이미 갖고 있는 시집이며 몇 번을 읽었던 구절인데도 불구하고 책을 들고 계산대로 갔다. 책날개가 접혀있는 그대로 소장해야겠다 생각했다.

짝상상

불행인지 다행인지 애달픈 짝사랑을 해본 적 없다. 궁금해지거나 호감 가는 상대가 생겨도 부끄러움이 많아 아무런 행동을 취하지 못하는 탓이다. 가까운 사이면 뭐라도 해볼 수는 있겠다. 성격이 급한 탓에 아마 적극적으로 티를 낼지도 모른다. 하지만 나는 친구에서 이성이 되는 일이 흔치 않다. 가까이 지내던 사람에게 갑자기 설레는 경험을 해본 적이 없다는 말이다. 대신 잘 모르는 이에게 자주 환상을 품는다.

원고 작업을 하기 위해 간 카페에 커피 한 잔 시켜놓고 책을 읽는 이라거나 손에 OO문고가 적힌 쇼핑백을 들고 다니는 이 또는 길가에 아무렇게나 버려진 쓰레기를 줍는 이들이 주로 내 표적이 된다. 내 마음대로 다정하고 섬세한 사람

일 거라 단정 지어버리고는 저런 사람과 연애하면 어떤 기분이 들까, 생각한다. 사실 환상이라고 해봐야 별거 없다. 내 머릿속에만 존재하는 이와 같은 책을 읽고 좋아하는 문단에 대해 대화를 나눈다거나 서로의 글을 보여주며 의견 나누는 일을 꿈꾼다. 좋아하는 것에 관해 대화를 나눌 때 그 사람은 어떤 표정을 지을지, 나처럼 종종 길을 걷다 멈춰 하늘에 걸려 있는 달 사진을 찍기도 하는지. 그런 것들을 궁금해하며 몰래 짝상상을 한다.

그리고 지금도
나는 누군가를 짝상상하고 있다.

만나다

•

: 마음과 마음이 하나로 연결되다.

서로에게 여생을 선물하는 일

"언니는 어쩌다 결혼을 결심하게 됐어?"

나는 아직 결혼이라는 단어가 낯설다. 그렇기에 친한 언니가 결혼한다는 말을 했을 때 적잖이 놀랐다. 나랑 함께 놀아줄 친구 한 명이 사라진다니, 그것도 자신이 결혼하겠다고 하면 뜯어말리라던 사람이 결혼이라니! 언니는 예비 신랑이 될사람과 사 년 정도 연애했다. 나는 둘의 연애를 처음부터 지켜본 사람으로서 가끔 그분을 미워한 적도 있다. 내게는 가족이나 다름없는 언니를 속상하게 하거나 울릴 때였다.

"음, 그 사람이 변해가는 모습을 봤을 때였던 것 같아. 너도 알잖아. 연애 초반에 내가 얼마나 힘들어 했는지. 그 사람 술자리도 좋아하고 툭하면 연락두절에…. 그러다 서서히 변하더라. 나를 이해하기 위해 노력하고 고치려는 모습을 보여줘서 믿음이 하나둘 쌓이게 된 것 같아. 사실 복합적인 이유야 셀 수 없겠지만, 가장 큰 이유는 이 사람 아니면 안 될 것 같은 마음 때문이었어."

이 사람 아니면 안 될 것 같다는 말. 나 역시 그런 마음으로 누군가를 열렬히 사랑해본 적 있으나 결혼으로 직결되는 마음은 아니었다. 마음의 크기를 따지는 것이 아니라 결혼할 준비가 안 된 사람이라 그랬다. 그동안 만나왔던 사람들에게 일부러 비혼 주의라고 말하기도 했다. 연애는 마음만으로 시작할 수 있다지만, 결혼은 그렇지 않다는 사실 때문이었다. 현실적인 여러 이유와 서로가 아닌 타인의 개입이 두려웠다. 물론 '완전' 비혼 주의는 아니다. '아직' 비혼 주의일 뿐. 평생 독신으로 살아가기에 나는 자주 애정을 고파하며, 나 닮은 딸을 낳아 기르는 게 소원이기도 하다.

먼발치에 숨어 훔쳐보기만 하는 내게 결혼이란, 서로에게 여생을 선물하는 고귀하고 아름다운 일이다. 실상은 그렇지 않더라도 나름 영롱한 판타지가 있다. 최근엔 하나둘씩 둥

지를 트는 사람들을 보며 위대하다 느낀다. 평생 함께 걸어가고 싶은 사람이 생긴다는 건 어떤 감정일까. 아직은 더 모르고 있어도 될 것 같은데⋯ 가끔씩 미지의 세계가 궁금해져 큰일이다.

사랑이 식지 않으려면

한 청년이 있다. 그는 귀한 땀을 흘려가며 열심히 일한다. 무엇을 위해 이렇게 열심히 일하느냐 물으니 사랑하는 이에게 장미꽃 백 송이를 사주기 위해서라고 답한다. 사랑하는 이도 그 사실을 알고 있냐 물으니 아니라고 한다. 그럼 대체 무슨 의미가 있냐 물으니 깜짝 놀라게 해주고 싶다고 했다.

여기 또 다른 청년이 있다. 장미꽃 한 송이를 들고 어디론가 열심히 달려간다. 어디를 그렇게 달려가느냐 물으니 사랑하는 이에게 장미 한 송이를 선물하러 간다고 답한다. 왜 한 송이냐 물으니 어제도, 그제도 한 송이를 주었는데, 사랑하는 이가 무척 기뻐하더라 말했다.

두 사람 모두 사랑하는 이를 위해 행동한다. 다만 첫 번째 청년의 연인은 그가 장미꽃 백 송이를 구하기 위해 열심히 일하는 내내 애타는 마음으로 그만 기다리고 있을 것이고, 두 번째 청년의 연인은 매일 달려오는 그 덕분에 행복해할 것이다. 서로 같은 마음이더라도 어떻게 행동하느냐에 따라 결과는 달라진다. **관계에서 중요한 건 크기가 아니라 온기다. 사랑은 '얼마나'가 아니라 '언제나'여야 한다.**

안다

●

: 사랑하는 이를 위로하다. 또는 체온을 나누다.

사랑만 하며 사셔라

대등한 사랑은 존재하지 않는다. 9만큼 사랑하는 사람이 있는 반면 1만큼 사랑하는 사람도 있기 마련이다. 대개 더 사랑한다고 느끼는 사람은 상대를 위해 노력하지만, 우리는 서로를 온전히 이해할 수 없으므로 맞춰주기 위해 노력하는 행동이 오해를 불러오기도 한다. 예를 들면 지나친 배려가 무관심으로 비친다거나 지나친 관심이 꼬투리라는 이름으로 변질하는 경우다.

주로 사랑을 올려다보는 입장이었던 나는 그 사실을 깨닫고 변하기로 했다. 굳이 맞추기 위해 노력하지 않았다. 서운한 점이 생기면 바로 대화를 통해 풀려고 했으며 나와 맞지 않는 의견에 대해서는 반기를 들었다. 이전엔 애써 맞춰주고도 틀린 행동일까 조마조마했는데, 이렇게 행동하고 나니 오히려 마음이 편했다.

상대는 나와 '다른' 사람이기에 어떻게 해도 오해가 생긴다. **더 사랑하는 사람은 그저 더 사랑하면 된다.** 마음이 상대보다 크다는 이유로 모든 것을 양보하다가는 서러움과 억울함만 쌓인다. 그러니 내 마음이 크네, 네 마음이 크네 비교하며 마음 상할 것 없이 단순히 사랑만 하며 사셔라.

같이 있고 싶다는 말

나는 스물다섯, 너는 스물일곱. 여름에서 가을로 넘어가던 어느 날, 우리는 적당히 선선한 새벽 공기를 맞으며 한참이나 도림천을 걸었다. 약간의 취기와 간지러운 긴장감이 꼭 까슬거리는 옷을 입은 기분이었지만, 결코 싫지 않았다. 그러다 어느 벤치에 앉아 시시콜콜한 대화를 나누었는데, 서로에 대해 모르는 것이 많았던 때이기에 우리는 쉴 틈 없이 떠들었다. 점차 대화가 짧아지는 듯해 고개를 살짝 돌려보니, 너는 가시지 않은 취기와 몰려오는 잠으로 인해 눈꺼풀이 무거워 보였다. 나는 헤어지기 아쉬웠으나 오늘은 이만 가야겠다고 생각했다. 당시 나는 도림천과는 먼 경기도에 살았으며 집에 갈 수 있는 교통편은 끊긴 지 오래였다. 물론 택시를 타고 가기에 먼 거리는 아니었지만, 우리는 자주 첫차 핑계를 대며 밤을 새고는 했기에 누구도 택시를 언급하지 않았다.

이제 일어나자는 내 말에, 너는 잠깐 기다리라며 별안간 내 손목을 잡았다. 내게 무언가를 말할까 말까 망설이는 너를 보는 내내 올라가는 입꼬리를 달래느라 애를 좀 쓰기도 했고, 붉어진 마음을 들키지 않으려 반대편으로 고개를 돌리다가도 이내 부끄러워하는 네 모습을 보고 싶은 마음에 다시 너를 쳐다보았다. 너는 얇은 입술을 귀엽게 오물거리며 내게 자신을 쳐다보지 말아달라 부탁했다.

여러 가지 이유로 얼굴이 빨개진 네가 머뭇거리는 동안 가로등에 반짝거리는 강을 보면서 물에 비친 달과 가로등 조명이 비슷해 보인다는 아무 말도 해보고, 건너편에 있는 아파트가 몇 층짜리인지 마음속으로 세어보기도 했다. 당연히 몇 층인지 기억나지 않는다. 그런 건 하나도 중요하지 않았으니까. 우리는 같은 마음, 비슷한 정도의 순수함으로 그곳에 한참이나 있었다. 스스로 순수하지 않다고 인정할 만큼의 순수함이었다.

"오늘 같이 있고 싶어요."

나는 그 말이 좋아한다는 말로 들렸다. 누군가를 좋아하게 되면 종일 함께 있고 싶어지기 때문에. 나는 웃으며 "그래요, 그럼 우리 같이 있어요"라고 대답했다.

나 여전히 가을이 오면 그날의 우리를 꺼내어 만져본다. 어린 가을의 우리, 우리의 어린 가을, 어린 우리의 가을. 그 기억이 단편 영화라도 되는 것처럼 제목을 지어보기도 한다. 예민의 노래 '어느 작은 산골 소년의 슬픈 사랑 이야기'의 가사만큼이나 순수하고, 수면에 비친 달처럼 빛나던 스물다섯과 스물일곱의 가을.

어렵고 새로운

매일 사랑을 적어도 여전히 사랑이 낯설다. 내게 사랑은 하고 싶다거나 하고 싶지 않다고 해서 되는 게 아니라 사랑에 빠지면 해야만 하는 것이었다. 스스로 이상하다고 느낀 적도 많았다. 이게 사랑이 맞나? 다들 이렇게 하는 건가. 원래 자기감정 하나 조절 못 하는 게 사랑이고, 갑자기 우주에 떨어진 기분이 드는 게 이별인가.

사랑이 뭐라고 생각하느냐 질문에, 내가 멍청한 사람이 되는 일이라고 답한 적 있다. 나는 사랑에 빠지면 생각이 짧아지고, 시야가 좁아진다. 머리보다 몸이 먼저다. 보고 싶단 생각이 들었을 땐 이미 그에게 가고 있으며, 안고 싶단 생각이 들었을 땐 이미 안겨 있는 상태인 거다.

지금보다 어렸던 날엔 사랑이 나를 그렇게 만드는 거라고 생각했다. 내가 그런 사람이라서가 아니라, 내 의지가 아니라, 사랑이 나를 조종한다고 믿었다. 그때의 나는 너무 어리고 약했기에 탓할 곳이 있어야만 버틸 수 있었다. 내 주변 사람들은 힘들어하는 내게 사랑에 목매지 말라고 했다. 세상은 넓고 사람은 많으니 다른 사람을 만나면 된다고 했다. 쿨하게 행동하라고, 어차피 만나고 헤어지는 일은 당연한 거라 했다. 내게는 벅찬 것들이 누군가에게는 당연한 일이었으니 응당 내가 부족한 사람이라 그런가 보다 싶어 부끄러웠다.

　　짧지 않은 시간 동안 이런저런 이유를 대며 혼자 지냈다. 왜 연애를 안 하느냔 질문을 받을 때마다 나로 살기 위함이라 답했고, 나의 과거 연애사를 아는 지인에게는 연애할 때마다 다른 인격이 나오는 것 같다며 시시한 농담도 던졌다. 물론 마음 가는 사람이 없기도 했지만, 스스로 닫고 살았기에 가장 큰 이유는 그게 아니었다. 부끄러운, 그래서 숨기고 싶은 나의 부분을 누군가가 알게 된다는 게 겁이 났다. 또다시 정신 못 차리고 허우적거릴 내 모습을 마주하고 싶지 않았지만, 이번에도 내 의지와 상관없이 사랑이 손을 잡았다. 오랜만에 마주한 사랑은 그간 멀리한 것이 서러울 만큼 따뜻했다. 나는 다시,

수영도 못하면서 맨몸으로 바다에 뛰어들었다.

늘 그랬듯 사랑은 갑자기 왔다가 홀연히 떠났다. 하지만 사랑에 기뻐하고 이별에 아파하는 내 자신이 부끄럽지 않았다. 혼자 있는 동안 타인의 연애를 듣거나 지켜보면서 나와 같은 사람 몇을 알게 됐고, 그들과 나에겐 감정에 솔직하다는 공통점이 있었다. 다만, 나는 그들과 달리 '그런' 사람임을 인정할 줄 몰랐을 뿐이다. 혼자일 때의 나도, **누군가를 사랑할 때의 나도 결국엔 나다. 사랑은 또 다른 나를 만나게 해주는 촉매제 역할을 할 뿐이다.** 사랑은 누구에게나 어렵고 새롭다. 그러니 사랑을 대하는 모습도 다양할 수밖에. 사랑하면서 몰랐던 나의 모습을 알게 되거나 싫어하는 모습을 발견하게 되더라도 사랑을 탓하거나 멀리하지 않았으면 한다. 내가 사랑 앞에 어떤 모습으로 서게 될지는 아무도 예상할 수 없으나 돌아보면 전부 따뜻한 색으로 바래 있을 테니.

me before you

멜로 영화를 좋아하지만, 새드 엔딩은 선호하지 않는다. 특히 불치병 소재의 영화. 불치병에 걸린 영화 주인공은 대부분 사랑하는 이에게 상처가 될 거짓말을 하고 이별하기 때문이다. 아픈 것도 서러운데, 어떻게 이별까지 감당하는 건지. 영문도 모르는 상태에서 이별을 당하는 상대방의 마음은 또 어떻고. 보는 내내 마음이 아프고 속상하다. 사랑하는데 왜 헤어져야 하는가. 얼마 남지 않은 시간만큼 더 열렬히 사랑할 수는 없을까. 적어도 솔직하게 말하면 안 되는 걸까. '더 이상 너를 사랑하지 않는다' 따위의 거짓말은 안 그래도 아픈 마음에 더한 상처를 남긴다. 사랑하는 사람을 위한 행동이라고들 하지만, 나는 그렇게 생각하지 않는다. 가상이든 현실이든 사랑하는 연인이 슬프게 헤어져야 하는 일은 없었으면 좋겠다.

만약 내가 불치병에 걸린다면 그들처럼 사랑하는 이를 위해 떠날 수 있을까? 몇 번을 생각해도 답은 '아니'다. 떠나기 직전까지 사랑하는 이의 모든 순간을 눈에, 머리에, 마음에 담아둘 것이다. 내가 긴 여행을 떠나야 한다는 것을 많은 이가 알게 되기 전까지는 그와 한시도 떨어지지 않겠다. 사랑하면서 못 해본 일이 있다면 그때 다 해보며 남은 시간 동안 미친 듯이 사랑할 것이다. 우리의 마지막이 덜 슬플 수 있도록, 최선을 다해서.

그러다 이별의 순간이 오면 눈물 꾹 참고 최대한 덤덤히 안녕을 고해야지. 꺼이꺼이 울다가는 그가 기억할 마지막 내 모습이 너무 못날 것 같으니까. 누군가는 내게 이기적이라 말할지도 모르겠다만, 세상에 남아 있는 동안은 사랑하는 이를 보며 웃고 싶다. 소설 원작 영화 〈미 비포 유〉의 윌과 루이자처럼.

소설 속 윌은 잘생기고 훤칠하며 잘나가는 사업가였으나 불의의 사고를 당해 사지마비 환자가 된다. 루이자는 가족의 생계를 책임지기 위해 윌의 간병인으로 취직한다. 모든 것을 잃었다 생각해 존엄사(안락사)할 날만을 기다리던 윌에게,

루이자는 다시 세상으로 나갈 수 있는 다리 역할을 한다. 처음엔 티격태격하다 점차 서로에게 마음을 열고 깊은 사랑에 빠지는 두 사람이지만, 혼자 할 수 있는 일이 없어 루이자에게 평생 의지해야 했던 윌은 그런 자신을 용납하지 못하고 결국 존엄사를 택한다. 너무 사랑하지만, 그의 의지를 꺾을 수 없던 루이자는 윌을 찾아가 마지막 인사를 나누며 헤어진다는 내용이다.

내가 유일하게 좋아하는 새드 엔딩 소설이다. 주인공이 죽었기에 새드 엔딩이라 칭하지만, 그다지 슬프기만 한 이야기는 아니다. 윌은 떠나면서도 루이자에게 본인이 해줄 수 있는 것을 남기고 갔다. 그녀를 위한 응원의 편지와 약간의 돈. 그는 평생 각박하게 살아온 루이자에게 자신의 인생을 살라며 조언한다. 그들은 이별하기 전, 루이자가 겪어보지 못했으며 동시에 윌 혼자서는 할 수 없는 것들을 함께했다. 화려한 드레스와 턱시도를 차려입고 모차르트 공연에 간다거나 여느 연인들처럼 경마장에 가는 일. 둘은 떠나기 직전까지 서로에게 많은 시간과 장면을 선물했으니, 슬픈 이별 중에서는 가장 행복한 이별이라 할 수 있겠다.

내 삶의 마지막을 알게 된다는 건 슬픈 일이지만, 동시에 결말을 선택할 수 있다는 뜻이기도 하다. 사랑 역시 다르지 않다. 병마가 찾아온다거나 떠날 수밖에 없는 상황이 생긴다 해도, 어떤 이유로든 사랑하는데 헤어져야 한다면 나는 마지막까지 사랑을 사랑하고 싶다.

믿다

●

: 세상에 혼자가 아님을 깨닫거나

마주 잡은 손을 영원히 놓을 일 없을 거라 확신하다.

사랑 아니면 무의미한

늦봄이었다. 자정에 가까운 시간, 강남역에서 친구들과 소소한 회동을 마치고는 택시를 탔다. 사실 혼자 택시 타는 것을 조금 무서워한다. 모든 택시기사님이 그렇지는 않겠지만, 그간 성희롱부터 욕설까지 다양한 일을 겪었기 때문이다. 아마 대중교통이 끊기지 않았다면 결코 택시를 타지 않았으리라.

'제발 조용히 가게 해주세요.'

나는 간절히 빌며 택시를 탔으나 기도가 무색하게도 기사님은 목적지를 듣자마자 내게 말을 걸었다. 처음엔 술을 마셨느냐는 질문이었다. 괜히 온갖 뉴스와 기사가 떠오르며 무섭고 불안한 마음이 들었지만, 나는 한 잔도 마시지 않았기에 칼같이 아니라고 대답했다. 그러자 기사님께서 생각지도 못한 칭찬 세례를 쏟아내시는 거다. 요즘 어린 친구들이 술을 먹고 늦은 시간에 택시를 타는 게 걱정이라며, 하나같이 본인 딸 같아서 속이 탄다고 하셨다. 나는 잔뜩 긴장해 굳어 있던 어깨가 차차 풀어지는 걸 느꼈다. 말 나온 김에 보라며 난데없이 따님의 사진을 보여주시기도 했다. 그러다 내게 애인이 있느냐 물어보셨고 그렇다고 대답했더니, 이번엔 대뜸 화를 내셨다.

"아니, 이렇게 예쁜 여자친구를 데리러 안 오는 못난 놈을 만나고 있단 말이여? 세상에 그놈 아주 못난 놈이네."

아빠 같은 다정함과 입담에 무장해제된 나는 박수까지 치며 크게 웃음을 터트렸고, 애인과 다투지 않느냐 말에 자주 싸운다고 솔직하게 대답했다. 최근 들어 다툼이 잦은 건 사실이었다. 연애 초반만 해도 할 말이 뭐 그리 많은지 도통 대화가 끊기지 않던 사이였는데, 요즘 우리를 채우는 건 주로 다툼이거나 침묵이었다. 나는 마치 기다렸다는 듯 하소연했다. 그러자 기사님은 다독이듯 말씀하셨다.

"그거 다 사랑해서 그러는 거예요. 관심이 있고 바라는 게 있으니 싸울 일도 생기는 거지."

본인도 첫사랑과 미친 듯 싸우며 연애했는데, 현재 그분과 두 딸을 낳고 행복하게 사는 중이라는 말도 덧붙이셨다. 구구절절한 첫사랑 이야기를 들려주던 기사님은 꼭 사랑에 빠진 소년 같았다. 나는 라디오 사연을 듣는 청취자처럼 얌전히 경청했다. 마치 어제 겪은 듯 생생한 연애담을 듣자니 목적지 근처에 다다르는 게 아쉬울 지경이었다.

택시 기사님과 사랑에 관한 대화를 나누는 일은 영화 〈이프 온리〉에서나 가능한 줄 알았다. 아주 잠깐이나마 영화 속 주인공이 된 기분이 들었다. 문득 택시를 타기 전 걱정부터 한 나 자신이 조금 민망해지면서, 왠지 마음이 몰랑해졌다. 그날 소년에게서 희망을 보았다. 나도 평생 사랑을 외치며 살 수 있을 거라 확신했다. 내 깊은 곳에 다시 한번 환한 빛이 들어왔다.

연서

어제까지의 제 모습을 보고 당신이 어떤 생각을 할지는 모르 겠습니다. 하지만 이게 나였고, 나이고, 나일 거예요. 우리가 언제 어디서 어떻게 만나 어떤 사랑을 하게 되더라도 나는 최 선을 다해 당신을 사랑하겠지요. 혹시 오는 길에 넘어지더라 도, 그래서 상처가 많더라도, 조금 모난 마음을 하고 있더라도 나 기꺼이 웃으며 안아줄 준비가 되어 있어요.

늘 그리운 사람
부디 언젠가 만나요.

네가 미워질 때마다 사랑한다고 말했다

초판 1쇄 인쇄	2021년 4월 6일
초판 1쇄 발행	2021년 4월 14일

글	가희
그림	오혁진

편집인	이기웅
책임편집	주소림
편집	안희주, 김혜영, 한의진, 곽세라
디자인	MALLYBOOK 최윤선, 정효진
책임마케팅	정재훈, 김서연, 김예진, 김도연
마케팅	유인철
경영지원	김희애, 최선화
제작	제이오

펴낸이	유귀선
펴낸곳	㈜바이포엠
출판등록	제2020-000145호(2020년 6월 9일)
주소	서울시 마포구 와우산로29마길 27 3층
이메일	odr@studioodr.com

ⓒ 가희

ISBN	979-11-91043-25-9 (03810)

스튜디오오드리는 ㈜바이포엠의 출판브랜드입니다.